Tu seras funambule
comme papa!

À Buffo

Frédéric Stehr

Tu seras funambule comme papa !

l'école des loisirs
11, rue de Sèvres, Paris 6ᵉ

Pepito appartient à la grande famille du cirque.
Depuis que le clown lui a donné une guitare,
il s'exerce tous les jours. Mais son papa lui dit toujours
que musicien, ce n'est pas un métier d'ours !
«Tu seras funambule comme moi», répète sans cesse Papa Ours.

Chez eux, on est funambule de père en fils.
«Pepito, pose cet instrument stupide. Être funambule
demande beaucoup de travail et tu ne seras jamais prêt
pour notre numéro en duo.»

Pepito essaie timidement de dire
à son père qu'il a peur, là-haut, sur le fil.
Papa Ours rit : « Moi aussi j'avais peur.
Tu verras, ça passe. D'ailleurs, il ne peut rien
t'arriver, je te tiens encordé. »
Mais bientôt Pepito devra marcher
sur le fil sans ceinture de sécurité.

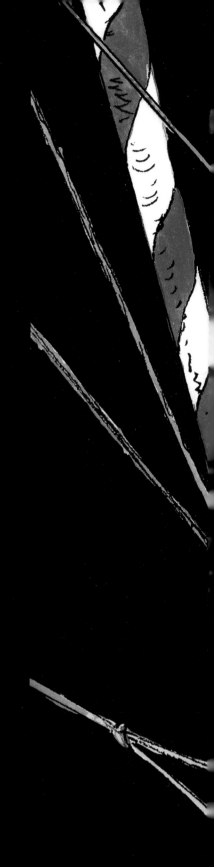

Après chaque entraînement,
Pepito retrouve son ami le clown.
Aujourd'hui, première leçon de violon :
aïe ! aïe ! aïe ! ça grince quand Pepito
essaie de jouer. Ce n'est peut-être pas
un métier d'ours, mais cela demande
beaucoup de patience aussi.

La roulotte de Papa Ours et de Pepito est très confortable,
et, comme tous les ours, ils aiment dormir et rêver.
Rêver ne fait de mal à personne.
Pepito peut rêver d'être musicien sans fâcher Papa,
et Papa rêve d'un Pepito grand funambule sans que celui-ci
soit malheureux. Hélas, le réveil sonne.

Pepito doit suivre Papa Ours à l'entraînement matinal.
Il a le cœur lourd. Le clown lui dit : «Viens me voir après
l'entraînement, j'ai peut-être une solution.»

Mais Papa Ours ne veut plus voir Pepito avec le clown.
Il trouve qu'il a une mauvaise influence sur Pepito.
«Saperlipopette! Musicien, ce n'est tout de même pas
un métier d'ours!» s'écrie-t-il en colère.
«Et funambule, c'est un métier d'ours peut-être?»
ose demander Pepito d'une petite voix.

Papa Ours est furieux que son fils
n'aime pas son métier de funambule.
Cela occupe toutes ses pensées,
même à l'entraînement.
Mais, sur le fil, il ne faut pas penser
à autre chose, sinon...

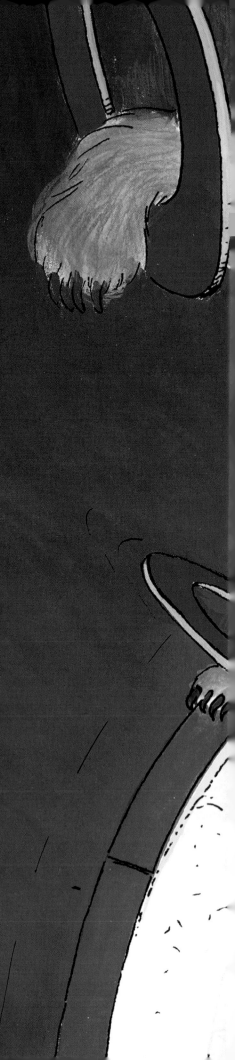

C'est la chute.
«Papa!» crie Pepito.

Pepito a très peur. Papa Ours ne bouge plus.
On emmène Papa Ours en urgence à l'hôpital.
Ses blessures sont sérieuses, mais le docteur
rassure tout le monde : il se rétablira.

Au bout de quatre semaines, Papa Ours sort de l'hôpital.
Il regarde Pepito qui s'entraîne avec le clown et il réfléchit.
Il paraît que Pepito a mis au point un numéro formidable.
Qu'est-ce que c'est?

Le jour de la première, Papa Ours est un peu triste : il aurait
bien aimé montrer son numéro de funambule avec son fils.
Mais il a promis à tous d'assister au spectacle dans les coulisses.

Le cœur de Papa Ours bat très vite quand il voit Pepito et le clown entrer sur la piste. C'est un triomphe.

«Papa, tu n'es plus
en colère?»
«Mais, mon Pepito,
comment veux-tu?
Regarde tous ces gens
qui t'applaudissent.
Tu es un véritable
artiste du cirque.»

«Je suis fier de toi, Pepito!
Dis-moi, Pepito, tu m'apprendras
à faire de la musique?»